ALEŠ VRTAL

Rettet den Hahn!

Schneider-Buch

Der Hahn und die Henne wohnten am Rande eines großen Feldes, nicht weit vom dunklen Wald.

„Komm, wir gehen aufs Feld“, sagte der Hahn zur Henne. „Vielleicht finden wir dort ein schönes Mittagessen.“

Auf dem Feld suchten sie zusammen nach Körnern. Was die Henne fand, teilte sie mit dem Hahn.

Dann aber fand der Hahn ein paar Körner. Er wollte sie selber schnell schlucken. Aber die Körner blieben dem Hahn im Hals stecken, und er konnte nicht mehr atmen. Er kippte auf den Rücken, mit den Beinen nach oben.

Die Henne erschrak und rannte zum Brunnen.
„Du, Brunnen, gib mir bitte Wasser für den Hahn! Er liegt dort auf dem Feld, mit den Beinen nach oben und kann nicht atmen."

„Ich gebe dir Wasser", sagte der Brunnen, „aber gib mir ein Tuch."

Die Henne rannte zur Schneiderin.
„Du, Schneiderin, gib mir bitte ein Tuch für den Brunnen! Der Brunnen wird mir Wasser für den Hahn geben. Er liegt dort auf dem Feld, mit den Beinen nach oben und kann nicht atmen."

„Ich gebe dir das Tuch“,
sagte die Schneiderin,
„aber gib mir Schuhe.“

Die Henne rannte zum Schuster.

„Du, Schuster, gib mir bitte Schuhe für die Schneiderin! Die Schneiderin wird mir das Tuch für den Brunnen geben und der Brunnen das Wasser für den Hahn. Er liegt dort auf dem Feld, mit den Beinen nach oben und kann nicht atmen."

„Ich gebe dir die Schuhe", sagte der Schuster, „aber gib mir einen Topf."

Die Henne rannte zum Töpfer.
„Du, Töpfer, gib mir bitte einen Topf für den Schuster! Der Schuster wird mir die Schuhe für die Schneiderin geben. Die Schneiderin wird mir das Tuch für den Brunnen geben und der Brunnen das Wasser für den Hahn. Er liegt dort auf dem Feld, mit den Beinen nach oben und kann nicht atmen."

„Ich gebe dir den Topf“, sagte der Töpfer, „aber gib mir einen Kuchen.“

Die Henne rannte zum Bäcker.
„Du, Bäcker, gib mir bitte einen Kuchen für den Töpfer. Der Töpfer wird mir den Topf für den Schuster geben. Der Schuster wird mir die Schuhe für die Schneiderin geben. Die Schneiderin wird mir das Tuch für den Brunnen geben und der Brunnen das Wasser für den Hahn.

Er liegt dort auf dem Feld,
mit den Beinen nach oben
und kann nicht atmen."

„Ich gebe dir den Kuchen“, sagte der Bäcker, „aber gib mir ein Ei für den Teig.“ Die Henne zögerte nicht

lange, legte das Ei und gab es dem Bäcker. Er backte den Kuchen und gab ihn der Henne.

Die Henne rannte mit dem Kuchen zum Töpfer und tauschte den Kuchen gegen den Topf ein.

Mit dem Topf rannte sie zum Schuster und gab den Topf für die Schuhe.

Dann rannte die Henne zur Schneiderin, und von ihr bekam sie für die Schuhe das Tuch.

Mit dem Tuch rannte die Henne schnell zum Brunnen und schöpfte das Wasser.

Auf dem Feld lag der Hahn noch auf dem Rücken, mit den Beinen nach oben.
Die Henne gab ihm Wasser.
Der Hahn trank, schluckte die Körner und konnte wieder atmen.

Beide waren froh, daß es noch mal gut ausgegangen war.

Seitdem teilte der Hahn mit der Henne alles, was er fand.

CIP-Kurztitelaufnahme der Deutschen Bibliothek

Vrtal, Aleš:
Rettet den Hahn! / Aleš Vrtal. – München :
F. Schneider, 1988.
ISBN 3-505-09714-4

8000 München 40 · Frankfurter Ring 150

Titelbild/Illustrationen: Aleś Vrtal, Kulmbach
Herausgegeben von Monika Raeithel-Thaler, München
Herstellung: Brigitte Matschl
Satz/Druck: A. Huber GmbH & Co. KG, München
ISBN: 3 505 09714-4
Bestell-Nr.: 9714

RENÉ RILZ

Mein erstes Fabelbuch

Diese wunderschön illustrierte Sammlung enthält eine bunte Folge kurzer Tierfabeln. Hier wird von der hilfsbereiten Biene erzählt, die eine Taube vor dem Jäger rettet; wir lesen von dem gütigen Pferd, das sich nicht am kranken Löwen rächen mag, oder vom törichten Raben, der von den süßen Worten des Fuchses übertölpelt wird.

Das Besondere an diesem Buch:
Fabeln sind seit Jahrhunderten lebendig und beliebt. In ihnen handeln Tiere wie Menschen, und es wird so auf leichte und heitere Weise von unseren Stärken und Schwächen erzählt.
Die große Schrift fördert die Freude am ersten Lesen und Verstehen dieser alten und doch ewig jungen Fabeln.

Schneider-Buch

ALBERTO MORAVIA

Die schönsten Tierfabeln

Wer Märchen liebt und gerne lacht, sollte diese einzigartigen Geschichten von Tieren und ihren tierisch-menschlichen Schwächen kennen.

Das Besondere dieses Buches:
Ein reich illustriertes Buch des berühmten Schriftstellers Alberto Moravia – ein Fabelschatz für Kinder und Erwachsene.

Schneider-Buch